Kurt Marti

KURT MARTI

gott *gerneklein*

gedichte

RADIUS

Neuausgabe 2011

ISBN 978-3-87173-356-7

Umschlag: André Baumeister
Gesamtherstellung: CPI, Clausen & Bosse, Leck
Printed in Germany

I

II

I

bildspruch

        d
        e
d a n k t
        k
        e
        n

        d
        a
d e n k t
        k
        e
        n

gegenwendig

MENSCH GERNEGROSS

gott gerneklein

der gerade weg

meistens
gerät
gerade
ein
gerader
weg
nicht
so
gerade
wie
zunächst
gewollt
und
gleicht
immer
mehr
einem
slalom
macht
aber
nichts
denn
unentwegt
kurvt
so
ein
slalom
um
die
GERADE

LOBET
DEN HERRN

(aber
haltet ihn fern)

2-fel

aus mir
dem einen
machen zweifel
2

gäbs dreifel
würdens
gar noch
3

doch ohne
2- und 3-fel
wärs erst recht
vom teufel

waage

das leichter
wiegende wort

das schwerer
wiegende wort

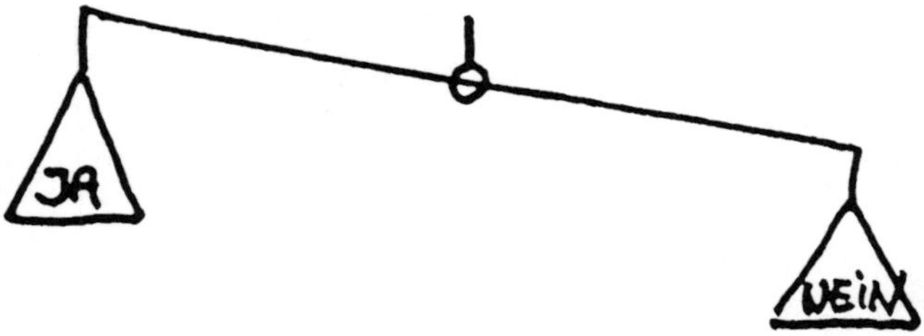

das leichter wiegende
etwas schwerer machen

das schwerer wiegende
etwas leichter machen

(lebenskunst)

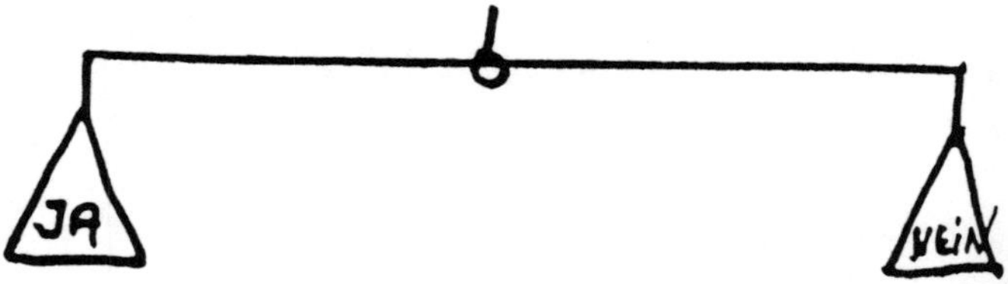

das leichter wiegende
zum schwerer wiegenden
machen

das schwerer wiegende
zum leichter wiegenden
machen

(glaube)

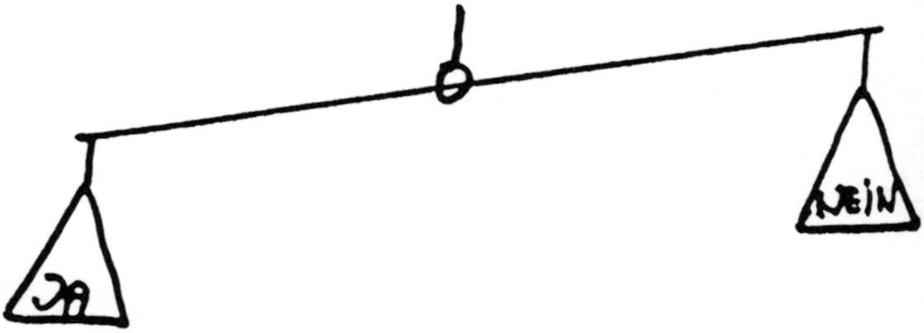

osterruf

ostern ist!
wach auf
du christ
und säume
nicht

und lauf
geschwind
aus deinem
labyrinth
ins licht!

pfingstfest I

kr E tisch
pa R thisch
med I sch
asi S ch
elami T isch
thess A lisch
n U midisch
pfingst F est
gri E chisch
ph R ygisch
liby S ch
la T einisch
ar A bisch
po N tisch
kappa D ozisch
maz E donisch
bithy N isch

pfingstfest II

schw E disch
ku R disch
engl I sch
kirgi S isch
deu T sch
jap A nisch
r U ssisch
pfingst F est
h E ute
po R tugiesisch
franzö S isch
let T isch
ung A risch
spa N isch
la D inisch
tsch E chisch
fin N isch

ekklesia

dieleutedieleutedieleutedieleute
dieleutedieleutedieleutedieleute
dieleute   dieleute
dieleute   einsam   dieleute
dieleute   dieleute
dieleutedieleutedieleutedieleute
dieleutedieleutedieleutedieleute

»wo zwei oder drei
in meinem namen
zusammenkommen«

gemeindegemeindegemeindegemeinde
gemeindegemeindegemeindegemeinde
gemeinde   gemeinde
gemeinde   gemeinsam   gemeinde
gemeinde   gemeinde
gemeindegemeindegemeindegemeinde
gemeindegemeindegemeindegemeinde

sich öffnen

S N
I E
C B
H O
Ö
F H
F C
N A
E N
N

h
e
i
s
s
t

N
E N
N A
F C
F H
Ö U
H N
C T
I E
S N

ozean

»das alter? ein schiffbruch«
(charles de gaulle)

doch was
kann schlimm daran sein
wenn gott der
OZEAN
ist
?

II

schöpfung

am anfang vielleicht: stille
jäh dann: urknall geburtsschrei! und myriaden
ausschwärmender moleküle
hernach: spiralwirbelnde gase sich zu glühroter
materie verdichtend
und alsbald: explosionen implosionen zusammen-
prall blind rasender gestirne vulkanische
exzesse
vielleicht dann: im orkan der materie die stille
mitte und in der stillen mitte gottes
weisheit
und der erleuchtende blitz
die vision der weisheit: irgendwo im unermess-
lichen all eine oase des lebens wo
gespräch und liebe erblühen!

allmählich zwang die schwerkraft die gestirne
in geregelte bahnen
und es fiel das auge der weisheit
auf den planeten erde
der winzig die sonne umkreiste
feurig und unwirtlich noch

und die weisheit erwählte
die kleine erde
zum planeten des lebens
und lustvoll ging sie ans werk:
das erdfeuer packte sie ein in rundum
verfestigte kruste
festland und meere trennte sie von-
einander
und machte die grosse sonne zum kraft-
werk der kleinen erde
erste glasige algen entstanden

noch unauffällig begann das zarte wunder des
flüchtigen atems
amphibien krochen an land
aus sümpfen wuchsen bäume empor
ihren samen trugen winde rund um die
erde

überall regte sich atmendes leben
und dann zu beginn des quartärs: nebst tieren
auch menschen die sich aufzurichten
begannen nach dem beispiel der bäume

und alles was anhob zu leben
lebt vom wunder des atems:
es atmen meere gebirge
es atmen die pflanzen die bäume
(wälder wurden zu lungen der welt)
es atmen die tiere die menschen

und freudig wob frau weisheit den bunten teppich
des lebens wo alles seinen ort hat:
korallen flechten gestrüppe finden
wie fische insekten die ihnen gemässe
umgebung
selbst zugvögeln mangelt es nicht
an wechselnden wohnungen unter dem
himmel

und so gelang es allmählich allen geschöpfen
heimisch zu werden in ihrer zeit
heimisch zu werden in ihrem raum

die menschen aber suchten und fanden worte für
das was ihre augen erblickten ihre
sinne empfanden
sie suchten worte auch füreinander
versuchten sprechend die grenze zwi-
schen einander durchlässig zu machen
gespräch also! austausch! liebe sogar!
und die weisheit frohlockte: siehe, sie reden!
inmitten des schweigenden alls wird
gesprochen
suchen gefühle gedanken nach worten!

und so kam alles in gang
gott aber und seine weisheit feierten ein fest
und nannten es SABBAT

katechismusfragen

warum sieht IHN denn keine(r)?
weil ER die blinden liebt

warum hört IHN denn keine(r)?
weil ER auch gehörlosen nah

warum erfasst IHN denn keine(r)?
weil wir umfasst sind von IHM

warum beweist IHN denn keine(r)?
weil auf erden wie im himmel
nichts zu vergleichen mit IHM

warum beweist IHN denn keine(r)?
weil der bewiesene nie
der zu beweisende wäre

warum träumt IHN denn keine(r)?
weil ER seit urher
der quell aller träume

kains klage

weh mir mordbub weh!
weh mir vogelfreiem!
wohin soll ich?
wohin flieh ich?
in den himmel? dort fragst DU
in die hölle? dort strafst DU
in die wüste? allwärts DU
über meere? immer DU

wohin ich seh:
DEINE frage!
wohin ich geh:
abels klage!
unstet dort
und unstet hier
kann mich niemand schützen
ausser DIR!

(nach einem altrussischen kirchenlied)

turmbau nicht nur in babel

und die männer sprachen:
auf lasst eine stadt uns bauen
und einen phallischen turm
der aufragt bis in den himmel!
ein triumphierendes zeichen soll er werden
unserer herrenmacht über die welt!

und die christen sprachen:
auf lasst eine weltkirche uns errichten
die urbi et orbi bezeugt
dass wir es sind
die die wahrheit und das letzte wort haben
auf diesem planeten

und die führer der konzerne und völker sprachen:
auf lasst einen wirtschaftsraum uns planen
von einem ende des himmels zum andern!
so werden wir einen namen uns machen
und niemand mehr wird der macht
des globalen markts widerstehen!

und die forscher sprachen:
auf lasst fabriken und laboratorien uns bauen
wo der fortschritt allein als gesetz gilt
wo keine vorschriften kleinlich behindern!
so werden wir das leben in griff bekommen
bis in die zell- und atomkerne hinein!

und die normalverbraucher sprachen:
auf lasst den fortschritt
nur unentwegt weiter fortschreiten
damit er den erdball noch mehr erschliesse
und dessen enorme ressourcen noch besser
für uns verfügbar mache!

da aber fuhr jahwe hernieder um zu beschauen
was die menschen da planten da trieben
und er verwirrte ihre gemeinsame sprache
und er zerstreute sie alle so dass
sie aufhören mussten weiterzubauen

heiliger tanz

leicht hebt
sein greisig herz
den schweren fuss:
          aya david!
          aya derwisch!
schon kreiselt der alte
schon wirbeln die glieder
schon flattern die worte
          ay' adonai!
          ay' allah!
und flügelweit
schwingen die arme
wehen die ärmel

hotel jesus

leer der eisschrank
im hotel jesus
keine fische
kein brot auch

tafelnd und schwatzend
leben die gäste
von der hand
in den mund

plötzlich
und niedergekniet
wäscht der chef
den kellnern die füsse

ratlos mustert
der reiche jüngling
das treiben im haus:
wo führt das noch hin?

johanna susanna legen
diskret ihre schecks
in die kasse: alles soll
gratis für alle sein

das hotel jesus
hat zimmer für viele
petrus der concierge
verteilt die schlüssel

die salbung

das feuer des seins
die wunde des worts –
          und mehr braucht es nicht
          und mehr braucht es nicht
als ein gefälle
vom glauben zur tat
          und mehr braucht es nicht
          und mehr braucht es nicht
als öl und zehn finger
für seine zwei füsse
          und mehr braucht es nicht
          und mehr braucht es nicht
als mit dem mut der sinne
den leibhaftigen sinn
          den sohn des menschen
          zu feiern

schächer-paradies

der du den schächer
mit seiner blutschuld
am galgen
zu deinem begleiter
gemacht hast
wir bitten dich herr:
erachte auch uns
seiner gesellschaft für würdig
und öffne das paradies
auch uns
den schächern im geist

hölle

solange christus zur hölle fährt
weils höllen gibt auf der welt

werden die wege zur hölle
mit ja-sagern gepflastert sein

werden die pfade zum himmel
von nein-sagern gebahnt

ostermorgen

und dann
der magdalenische schrecken
am grab
das geöffnet und leer

fast unscheinbar
zwischen den hecken
lässt der gärtner
im gruss
sich entdecken

ostervision

es freut sich der himmel
es freut sich die erde
es küssen sich
frau und gefährte
die bäume auch freu'n sich
die hasen die hühner der hund
es hüpfen die kinder
die eier sind bunt
es frohlocken apostel propheten
und selbst
über beton und städten
silbert und glänzt
ein luft-diadem
als schwebte hernieder
das neue jerusalem
um weich hier zu landen:
christ ist erstanden!

pfingsten: bitte um den heiligen geist

nähme er alles für bare münze
was christen von ihm fabulieren
theologen von ihm behaupten
– längst wäre wohl jesus
irre geworden an sich

ob er vielleicht deswegen
sich auch schon mit andern besprach
mit buddha oder mohammed z. b.
und diese ihn zu trösten vermochten
weils ihnen wenig besser erging?

o dass er doch unsere köpfe durchlüfte
mit seinem österlich weckenden atem
mit gottes heilig-nüchternem geist
(wer weiss: zur freude selbst
von buddha oder mohammed?)!

verhängnis

christen zogen einst aus
um die völker zu lehren:
nicht heilig sind berge
nicht heilig die quellen
nicht heilig die bäume
nicht heilig die tiere
nicht heilig die menschen
nichts ist heilig auf erden
heilig nur gott im himmel

und also wurde
die schöpfung entheiligt
und heilloser raubgier
vorgeworfen zum frass

bitte

heilige grünkraft
(der gottheit unauffällig
schöne gespielin):
sprenge den beton
in unseren köpfen!
sprenge den beton
in unserem land!

die klügeren

dächte der wind
wie wir
er glaubte
die bäume
trügen ihr laub
nur für ihn

dächte das laub
wie wir
es glaubte
der wind
wehe
nur seinetwegen

der wind aber
ist klüger
das laub
weiss es besser

flussgemurmel

in ummauertem flussbett
träumen zur eile gedrängte wasser
von freier verweilung
in auen und sümpfen –
hinschiessend murmeln sie
litaneien und bitten
um zu erweichen
das herz verständiger engel
und ihres schöpfers
der sich in wolken verbirgt

und eines tages
oder eines nachts
wird ER sie plötzlich erhören
wird ihnen willfahren
und über die kunstufer helfen
damit sie in seeweiten
auen und sümpfen
heitere ruhelust finden
mit fröhlichen fröschen
mit flüglig leichten libellen

ostern

christus lebt
die hasen sterben aus

schön – was ist schön?

schonen ist schön
    menschen schonen
    tiere schonen
    pflanzen schonen
    die vielfalt schonen
    die schöpfung schonen
wer schont
macht schön
    schön wird
    wer schont

die hoffnung

die hoffnung geht zu fuss
die hoffnung strampelt auf dem rad
die hoffnung fährt mit der bahn

die hoffnung guckt wolken nach
die hoffnung grüsst den mond
die hoffnung findet zeit

die hoffnung verteidigt igel und bäume
die hoffnung versteckt asylanten
die hoffnung kauft im drittweltladen ein

die hoffnung fällt und erhebt sich wieder
die hoffnung steigt über berge
die hoffnung durchschwimmt das meer

die hoffnung bleibt neugierig
die hoffnung entdeckt zusammenhänge
die hoffnung sucht verbündete

die hoffnung kann entbehren
die hoffnung weiss zu geniessen
die hoffnung schürt das feuer der liebe

die hoffnung kann wütend werden
die hoffnung kann traurig sein
die hoffnung lacht subversiv

die hoffnung kämpft für das recht des andern
die hoffnung feiert und tanzt
die hoffnung macht zärtlich

die hoffnung hat nichts
die hoffnung will alles
die hoffnung betet um das reich gottes

anrufungen

gott ohnbeginn
gott endverbleib
gott ruhestark
gott odemnah
gott gerneklein
gott ewigklang!

lobpreis

der ohne ende:
        er beendet!
der nie begann:
        er schafft beginn!
der nicht bedeutet:
        er schenkt bedeutung!
der ohne notwendigkeit:
        er wendet not!

die redlichen

von redlichen redet man nicht
und auch sie machen nicht reden von sich

von redlichen redet man nicht
sie sind die stillen im land

von redlichen redet man nicht
man verlässt sich auf sie

von redlichen redet man nicht
geduldig lassen sie sich vieles gefallen

von redlichen redet man nicht
man beutet sie stillschweigend aus

von redlichen redet man nicht
denn man glaubt sie nicht fürchten zu müssen

von redlichen redet man nicht
man klopft ihnen gönnerhaft auf die schulter

von redlichen redet man nicht
man braucht sie aber

von redlichen redet man nicht
man erwartet verzichte von ihnen

von redlichen redet man nicht
nur die bibel redet häufig von ihnen

von redlichen redet man nicht
doch um ihretwillen lässt gott

die welt trotz allem
noch immer bestehen

weltwunderklumpen

glauben
beginnt mit staunen
denken
mit dem staunen
dass wir
überhaupt
denken können
dank
des weltwunderklumpens
unter
der schädeldecke
wo
zwölf milliarden ganglienzellen
unablässig impulse aussenden
in nervenfaserleitungen
von 480'000 kilometern länge
– wohlverstanden:
innerhalb eines einzigen menschen!
(distanz zum mond: 384'403 kilometer)

ora et labora

in fabrikhallen
arbeiten
roboter
präzis

in arbeitsämtern
warten
arbeitslose
geduldig

der wirtschaft
gehts gut
viel leuten
gehts schlechter

bete
und arbeite
lehrte benedikt
einst

bete
für arbeit
raten geistliche
jetzt

friedensfragen

wie kann es frieden geben
für die völker der welt
solange ihr schicksal bestimmt wird
vom eigeninteresse einiger industrienationen
und ihres neokolonialen weltmarkts?

wie kann es frieden geben
für die völker der welt
solange der weltmarkt armut und hunger erzeugt
und nahrung obdach arbeit und schulung
als menschenrechte nicht anerkannt sind?

wie kann es frieden geben
für die völker der welt
solange wir vorherrschaft dulden
sei es von internationalen konzernen
sei es von ethnischen majoritäten?

wie kann es frieden geben
für die völker der welt
solange zur arbeitsbeschaffung
die waffenproduktion auch weiter
in schwung bleiben muss?

wie kann es frieden geben
für die völker der welt
solange wir rücksichtslos krieg führen
gegen die erde unsre geduldige mutter
und krieg damit auch gegen unsere kinder?

wie kann es frieden geben
für die völker der welt
solange wir anstatt auf gott zu hören
in seinem namen uns gross machen wollen
und hass säen und fortzu neue gewalt?

wie kann es frieden geben
für die völker der welt
solange wir gottes absicht durchKREUZen
alltäglich zu sein unter uns und schön
in schonender liebe zu allem was lebt?

der götze

du darfst nicht schwach sein
bist du es dennoch
lass es die andern nicht merken
sonst machen sie dich noch schwächer
sonst machen sie dich noch fertig –
so will es der götze markt:
es kämpfe ein jeder gegen jeden
bis die starken gewinnen
die schwachen verlieren

und rasch verbreiten sich so
im kalten schatten des götzen
elend und hunger

wie lang aber noch
o gott der gerechtigkeit
wie lange?
wann wirst du
dem flehen der armen willfahren
wann wirst du
den götzen stürzen?

schatten

»die ihre kniee nicht beugten
vor baal…«

wer aber wagt es
von seinen lügen zu sprechen?
und wer von den wunden
die der lügner sich
und anderen schlägt?

»die ihre kniee nicht beugten
vor dem mammon…«

wer aber wagt es
von seiner feigheit zu reden?
und wer von den leiden
die der feige sich
und anderen zufügt?

das buch mit den sieben siegeln

»füllet die erde!«
anfang und
hoffnung einst

zu jesu lebzeiten:
1 mensch auf
1 km^2 erdoberfläche

1977 nach seiner geburt:
40 menschen auf
1 km^2 erdoberfläche

im jahre 2000:
80 menschen oder mehr auf
1 km^2 erdoberfläche –

sind wir zum
wuchernden krebs
der erde geworden?

ist unter der hand
die order zum ende
bereits ergangen?

»und ich sah
ein buch mit sieben
siegeln versiegelt

und ich weinte
da niemand würdig war
das buch zu öffnen

bis einer der ältesten sagte:
weine nicht! siehe der löwe
aus juda wird das buch öffnen« *)

*) nach offenbarung 5,1-5

postchristlich

weit
hinterm glauben
das tun

nachzügler wir
der göttlichen
weisung

ganz werden

elend
wer rafft

halb nur
wer hortet

ganz erst
wer teilt

lichtstrahl

immer ist ER
mit uns zusammen
immer ist ER
von uns getrennt
immer ist eine wand
zwischen uns und IHM
und in der wand
eine tür –
oft lange verschlossen
plötzlich sich öffnend:
SEIN lichtstrahl
SEIN wort

gottesdienst

keim wort
keim!

klimm in
köpfe

kriech durch
körper

knet den
kummer

kitt was
klafft

kämpf was
klemmt

klär das
kreuz

krön mit
kraft!

in schlechter gesellschaft

herrje
mon dieu!
welch eine
sprache
wo
GOTT
sich reimt
mit
SCHROTT
mit
TROTT
mit
SPOTT!

protestantische kirchenmusik

die bilder
sie gingen
die töne
sie kamen

die jungfrau
sie wurde
zur jungen
frau musica

predigtnot

der ort versammelt
die leute singen
die wörter fallen
das wort bleibt aus

schutzlos

schutzlos das wort
schutzlos wers redet
schutzlos wers hört
schutzlos wers tut
doch
unwandelbar die weisung
ohne beweis

der tröster

träte doch
aus seinem dunkel
der tröster
hinaus ins licht!

nicht bräuchte
sein kommen
sein antlitz
sichtbar zu werden

ein hauch
der berührte
ein wahrhaftiger
tonfall genügte

uns: die – von falschen
tröstern genarrt –
aller tröstung
misstrauen

uns: die – trostlos
lebend und sterbend –
einander nicht
zu trösten vermögen

hölle himmel

ich glaube nicht an die hölle enggläubiger christen
ich glaube nicht an die hölle bornierter fundis
doch bleibt mir im ohr was ein kluger jude gemurmelt:
»es muss eine hölle geben
– wo wäre sonst hitler?
es muss einen himmel geben
– wo wären sonst die vergasten?«
ich glaube dass schmerz und gedächtnis heilig
ich glaube dass sie weltenschwer wiegen
auf der waage des höchsten und des gerechten

gebet einer alten gebrechlichen frau

barmherziger gott!
komm mit auf die strassen hinaus
behüte mich wacklige alte
dass ich nicht über einen randstein stolpere
nicht stufen hinauf- oder hinunterfalle –
du weisst: meine knochen sind zerbrechlich geworden!
so schütze mich hinten wie vorne und rundherum
vor automobilen
vor fahrrädern die lautlos flitzen
vor rollschuh- und rollbrettfahrern
vor achtlosen ellbogenstössen
vor remplern und rüpeleien

vor schnellen entreissdieben natürlich
und bitteschön auch
vor abschätzigen blicken
vor schnippischen verkäufern verkäuferinnen
und vor der anrede »gute frau«!
komm mit
du mir stecken und stab
verlässlicher als der krückstock –
falls dies nicht etwa zuviel verlangt ist von dir
der du als gott aller menschen
ja längst schon genug
arbeit und plage hast mit uns

paradies

1

augen versunken im anblick
  SEINER liebe die sonne
    und sterne bewegt
zeiten für immer versammelt
  im lichte SEINER gerechtigkeit
    das alle geschöpfe durchströmt
bäume musizierend am urquell der dinge
  dem unerschöpflich leben
    in vielerlei formen entspringt
mater materias dunkler gesang –
  ah! wie lustvoll er leichte vögel
    und schwere meere zu wiegen vermag!
in grün wuchernden kathedralen
  feiern inzwischen esel und tiger
    elefanten und schafe ihre befreiung
– und die menschen? wo sind wir?
  oder ist paradies (wie zuerst
    so zuletzt) ihre unsre abwesenheit?
abgedankt ja! und eingetaucht
  in den heilig-mächtigen strom
    der jedwede vorherrschaft einreisst
wahr in sich selber bleiben
  die auferweckten verwandelten
    unendlich vervielfachten sinne
die sich mit den sinnen
  aller andern geschöpfe
    mühlos verstehen vereinen
im liebesspiel
  das ewig
    sonne und sterne bewegt

2

»ich versuchte ein ›paradiso‹ zu schreiben
rühre dich nicht
    lass den wind reden
        so ist es das paradies«
(ezra pound)

dahingehen

alt sein
kleiner werden
erdwärts wachsen
dahingehen
unter die erde kommen
ruhe finden
bei wurzeln sein
kein ohr mehr haben
die stimme hören

psälmlein

gott
mein versteck

wo ich sicher bin
vor feinden

sicher auch
vor mir selber

Kurt Marti
1921 in Bern geboren
studierte Jura und Theologie in Bern und Basel
Im Dienst des Ökumenischen Rates ein Jahr in Paris
Pfarrer in Leimiswil, Niederlenz und bis 1983 in Bern
Preise und Auszeichnungen:
u. a. Lyrik-Preis Radio Basel (1957), Johann-Peter-Hebel-Preis des Landes Baden-Württemberg,
Großer Literaturpreis des Kantons Bern (beide 1972)
Ehrendoktorwürde der Universität Bern (1977)
Buchpreis der Stadt Bern (1990),
Kurt-Tucholsky-Preis (1997), Karl Barth-Preis (2002)

Lieferbare Radius-Bücher von Kurt Marti:

DU. Rühmungen
Fromme Geschichten
geduld und revolte. die gedichte am rand
Die gesellige Gottheit. Ein Diskurs
gott gerneklein. gedichte
Gott im Diesseits. Versuche zu verstehen
Heilige Vergänglichkeit. Spätsätze
Prediger Salomo
Die Psalmen. Annäherungen
Die Riesin. Roman
Schöpfungsglaube. Die Ökologie Gottes
Ungrund Liebe. Klagen, Wünsche, Lieder
Von der Weltleidenschaft Gottes. Denkskizzen

Lieferbare Radius-Bücher. Eine Auswahl

Martin Bauschke: Abraham und Aschenputtel
Brückenschlag zwischen Bibel und Märchen
Gerhard Begrich: Schönheit gilt es zu schauen
Poesie und Theologie
Peter Bichsel: Möchten Sie Mozart gewesen sein?
Christoph Dinkel (Hg): Im Namen Gottes
Kanzelreden zu den sechs Perikopenreihen
Sechs Bände, auch einzeln [2008–2013]
Wolfgang Erk (Hg): Für diesen Tag
und für alle Tage Deines Lebens. Ein Brevier
Wolfgang Erk (Hg): Viele gute Wünsche
Literarische Annäherungen
Ulrich Finckh: Gottes Adoptivsohn
Theologische Skizzen für kritische Leser
Ulrich Finckh: Vom heiligen Krieg zur Feindesliebe Jesu
Beiträge zu Rechtsstaat und Friedensethik
Traugott Giesen: Macht hoch die Tür
Predigten und Kolumnen für die Weihnachtszeit
Traugott Giesen: Tage - Jahre - Leben. Neue Kolumnen
Peter Härtling: Dorther. Reisen aus dem Gedächtnis
Peter Härtling: Leicht geworden für Gedankenflüge. 77 Zettel
Peter Härtling: Meine 75 Gedichte und zehn neue
Gisela und Ulrich Häussermann (Hg):
Frauengedichte der Welt
Gotthold Hasenhüttl: Christen gegen Christen
Der Streit um das gemeinsame Abendmahl
Klaus-Peter Hertzsch: Chancen des Alters. Sieben Thesen
Klaus-Peter Hertzsch: Der ganze Fisch war voll Gesang
Biblische Balladen zum Vorlesen
Klaus-Peter Hertzsch: Laß uns vorwärts in die Weite sehn
Texte zu meiner Biographie
Klaus-Peter Hertzsch: Sag meinen Kindern,
dass sie weiterziehn. Erinnerungen
Walter Jens: Die vier Evangelien
Walter Jens: Der Römerbrief
Walter Jens: Das A und das O. Die Offenbarung
Walter Jens: Pathos und Präzision. Texte zur Theologie

Walter Jens: Der Teufel lebt nicht mehr, mein Herr!
Erdachte Monologe – Imaginäre Gespräche
Klaus-Peter Jörns: Glaubwürdig von Gott reden
Gründe für eine theologische Kritik der Bibel
Eberhard Jüngel: Anfänger
Herkunft und Zukunft christlicher Existenz
Eberhard Jüngel: Außer sich. Theologische Texte
Eberhard Jüngel: Beziehungsreich. Perspektiven des Glaubens
Eberhard Jüngel: Erfahrungen mit der Erfahrung
Eberhard Jüngel: weil es ein gesprochen Wort war...
Predigten 1
Eberhard Jüngel: Geistesgegenwart. Predigten 2
Eberhard Jüngel: Unterbrechungen. Predigten 3
Eberhard Jüngel: ...ein bißchen meschugge... Predigten 5
Eberhard Jüngel: Zum Staunen geboren. Predigten 6
Eberhard Jüngel: Allerneuende Klarheit. Predigten 7
Otto Kaiser: Das Buch Hiob. Übersetzt und eingeleitet
Otto Kaiser: Kohelet. Übersetzt und eingeleitet
Otto Kaiser: Weisheit für das Leben. Das Buch Jesus Sirach
Otto Kaiser: Die Weisheit Salomos. Übersetzt und eingeleitet
Reiner Kunze: Bleibt nur die eigne Stirn. Ausgewählte Reden
Wolfgang Lück: Himmelsmacht Segen
Gerd Lüdemann/Martina Janßen: Bibel der Häretiker
Nag Hammadi
Henning Luther: Frech achtet die Liebe das Kleine
Spätmoderne Predigten
Henning Luther: Religion und Alltag
Bausteine zu einer Praktischen Theologie
Christoph Markschies: Wertsachen
Kurt Marti: *siehe Seite 75*
Gerhard Marcel Martin: Das Thomas-Evangelium
Gerhard Marcel Martin: Was es heißt: Theologie treiben
Pierangelo Maset: Geistessterben. Eine Diagnose
Elisabeth Moltmann-Wendel: Der auf der Erde tanzt
Spuren der Jesusgeschichte
Elisabeth Moltmann-Wendel: Gib die Dinge der Jugend
mit Grazie auf. Texte zur Lebenskunst
Gert Otto: Tod und Trauer brauchen Sprache
Karl-Heinz Ronecker: Mit Literatur predigen

Eleonore von Rotenhan: Paradies im Niemandsland
Alzheimer
Martin Scharpe (Hg): Heilige Nacht. Heiliger Tag
Die 100 schönsten Weihnachtsgedichte und -geschichten
Martin Scharpe (Hg): Erdichtet und erzählt I und II
Das Alte / Das Neue Testament in der Literatur
Martin Scharpe / Wolfgang Erk (Hg): Tag für Tag
Literarisches Geburtstagsbuch
Henning Scherf: Gast bei fremden Freunden
Eine Weltreise à la Scherf
Wieland Schmied: Bilder zur Bibel
Maler aus sieben Jahrhunderten erzählen das Leben Jesu
Wieland Schmied: Von der Schöpfung zur Apokalypse
Bilder zum Alten Testament und zur Offenbarung
Wieland Schmied: Guten Abend, Maestro
Nächtliche Gespräche im Museum
Friedrich Schorlemmer: Die Weite des Denkens und die Nähe zu den Verlorenen
Einlassungen auf Texte des Evangelisten Lukas
Georg Schützler: Liebe grünt in grauen Zeiten. Über die Kunst, als Paar zu leben, am Beispiel von Philemon und Baucis
Fulbert Steffensky: Mut zur Endlichkeit
Sterben in einer Gesellschaft der Sieger
Fulbert Steffensky: Schöne Aussichten
Einlassungen auf biblische Texte
Fulbert Steffensky: Schwarzbrot-Spiritualität
Fulbert Steffensky: Wo der Glaube wohnen kann
Holger Tiedemann: Paulus und das Begehren
Liebe, Lust und letzte Ziele
Michael Trowitzsch (Hg): Ein Smaragd hat's mir erzählt
Festschrift für Klaus-Peter Hertzsch
Rossa Volkhardt: Trauer. Eine Innenansicht
Hanna Wolff: Jesus als Psychotherapeut
Hanna Wolff: Jesus der Mann
Eva Zeller: Das unverschämte Glück. Neue Gedichte

Radius-Verlag · Alexanderstraße 162 · 70180 Stuttgart
Fon 0711.607 66 66 Fax 0711.607 55 55
www.Radius-Verlag.de e-Mail: info@radius-verlag.de